ZECA,
O ELEFANTE

ALGUÉM
VIU O ZECA?

COM CERTEZA ELE ESTÁ POR AÍ
ATORMENTANDO ALGUÉM
COM SUAS HISTÓRIAS!

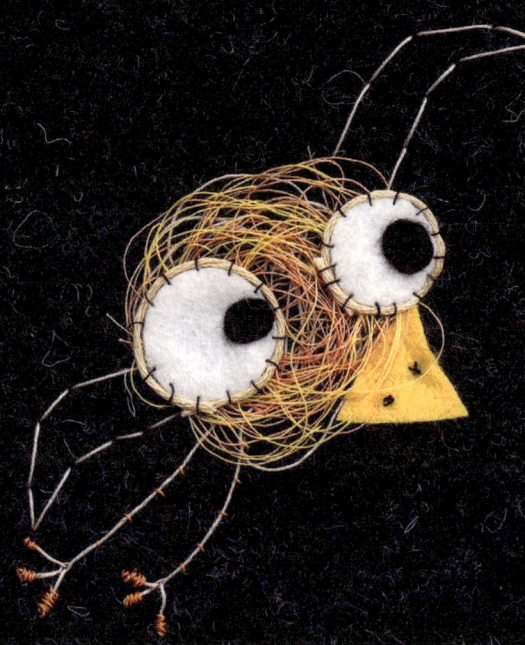

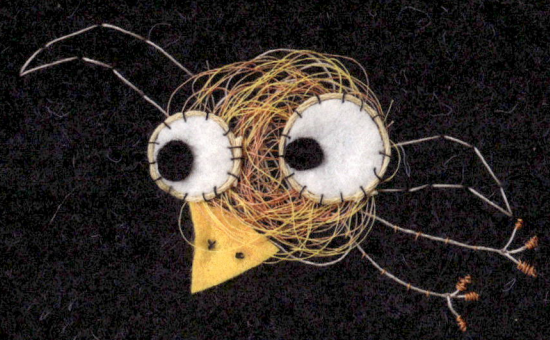

VAMOS

DESCOBRIR!

EDITORES Diego Salerno Rodrigues e Naiara Raggiotti

EDITORIAL
PRODUÇÃO Fernanda Critelli e Martha Piloto
REVISÃO Nina Rizzo
DIAGRAMAÇÃO dorotéia design

MARKETING E COMUNICAÇÃO
PLANEJAMENTO Fernando Mello
ATENDIMENTO COMERCIAL E PEDAGÓGICO Eric Côco
e Taís Romano

ADMINISTRATIVO
BACKOFFICE Maria Laura Uliana
JURÍDICO Lucas de Oliveira e Silva
FINANCEIRO Ingrid Coelho e Joana Marcondes
RECEPÇÃO E ALMOXARIFADO Rose Maliani
SUPORTE A PROCESSOS Gabriele Santos

EQUIPE DE APOIO
SUPORTE PEDAGÓGICO Nara Raggiotti,
Nilce Carbone e Tamiris Carbone

Dados Internacionais de Catalogação na Publicação (CIP) de acordo com ISBD

M987z   Musil, Manica K.

     Zeca, o elefante / Manica K. Musil ; ilustrado por Manica K. Musil ;
traduzido por Naiara Raggiotti. - São Paulo : Carochinha, 2023.
     32 p. ; 23cm x 23cm.

     ISBN: 978-65-5949-229-9

     1. Literatura infantil. 2. Livros. I. Raggiotti, Naiara. II. Título.

2023-474

CDD 028.5
CDU 82-93

Elaborado por Vagner Rodolfo da Silva - CRB-8/9410
Índice para catálogo sistemático:

1. Literatura infantil   028.5
2. Literatura infantil   82-93

1ª edição, 2023

rua napoleão de barros 266 · vila clementino
04024-000 · são paulo sp
11 3476 6616 · 11 3476 6636
www.carochinhaeditora.com.br
sac@carochinhaeditora.com.br

Siga a Carochinha nas redes sociais:

  /carochinhaeditora

ZECA, O ELEFANTE

Manica K. Musil

Tradução:
Naiara Raggiotti

carochinha

Meu nome é **Zeca** e eu amo contar histórias.

Mas todo mundo diz que **minhas histórias**
são sem graça ou sem noção.

QUANDO O ZECA COMEÇA
A CONTAR HISTÓRIAS,
AS PALAVRAS PARECEM
QUE VÃO SOTERRAR A GENTE.

MAS ELE NUNCA
CONTOU UMA SÓ
HISTÓRIA INTERESSANTE
EM TODA A VIDA.

Hoje, como sempre, Zeca
buscou um ouvinte
para suas histórias.

POSSO TE CONTAR
UMA HISTÓRIA?

PARA QUE PERDER TEMPO
CONTANDO UMA HISTÓRIA
PARA UM CROCODILO?

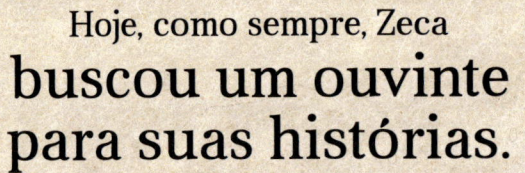

Zeca então foi atrás da zebra,

que estava pastando ali perto.

POR QUE
VOCÊ ESTÁ FUGINDO
DE MIM?

AH, ZECA,
VOCÊ ESTÁ ACABANDO
COM A NOSSA GRAMA!

Mas, antes que Zeca pudesse dizer "olá!",
a zebra já estava fugindo.

EU NÃO QUERO
OUVIR ESSE
SEU FALATÓRIO!

VOCÊ É
UM ELEFANTE
MUITO PALERMÃO!

Zeca foi atrás **do leão**, que estava se espreguiçando ao sol.

Mas, antes que Zeca pudesse dizer "olá",

o leão já estava **ensaiando a fuga.**

POR QUE
VOCÊ ESTÁ
ME TRATANDO ASSIM?

UAU, ESSE CARA
SABE RUGIR
DE VERDADE!

DÊ O FORA
DAQUI, ZECA!
O QUE VOCÊ
ESTÁ ESPERANDO?

Nem os outros elefantes
queriam ouvir as histórias do Zeca!

IRMÃOS, IRMÃZINHA,
ALGUMA COISA
REALMENTE INTERESSANTE
ME ACONTECEU HOJE...

CONTA PRA MIM!
NÃO LIGA PRA ELES...

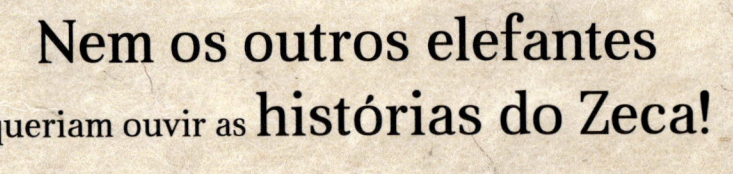

Os **papagaios** já tinham muita coisa para falar entre eles **e estavam sem tempo** para as contações de **histórias do Zeca.**

Mas Zeca estava tão envolvido com as suas histórias **que nem percebeu que alguém estava ali, ouvindo ele falar,** o dia todo.

COMO ESSA FORMIGA PODE GOSTAR TANTO DAS HISTÓRIAS DESSE ELEFANTE?

ISSO É MEIO ESTRANHO.

POR QUE EU MORDERIA VOCÊ? EU ACABARIA TENDO DE OUVIR UMA DE SUAS HISTÓRIAS!

Naquela tarde, enquanto Zeca estava descansando em
uma pilha de folhas, **finalmente uma**
vozinha chegou até os seus ouvidos.

NOSSA,
ATÉ QUE ENFIM!

EU ESTOU
CHAMANDO VOCÊ
O DIA TODO, QUERIDO.

– Quem é você? – perguntou Zeca.

– **Eu amaria ouvir você me contar uma história** – respondeu a formiga.

– Por que você não me disse, então? – perguntou Zeca.

ELES ESTÃO JUNTINHOS. QUE FOFO...

PARE DE PULAR EM CIMA DA MINHA CABEÇA!

ALGUMA COISA
ESTÁ ERRADA
COM SUAS ORELHAS.
ELAS NÃO
ESTÃO ENTUPIDAS?

POR QUE
VOCÊ ESTÁ ME
PERGUNTANDO ISSO?

– Porque eu falei mil vezes, mas
você não ouviu nenhuma! – lamentou a formiga.
– Posso contar uma, agora? – perguntou Zeca, todo animado.

AONDE
ESTAMOS INDO?

EU CONHEÇO
UM ÓTIMO LUGAR
PARA CONTAR HISTÓRIAS.

MAS COMO
ESSES DOIS
VÃO CHEGAR LÁ?

ERA UMA VEZ,
QUANDO EU ERA
UM MORCEGO...

NÓS TEMOS MESMO
QUE FAZER ISSO?

E Zeca começou a contar histórias para a formiga. Os dois então contaram histórias a noite toda e continuaram no dia seguinte.

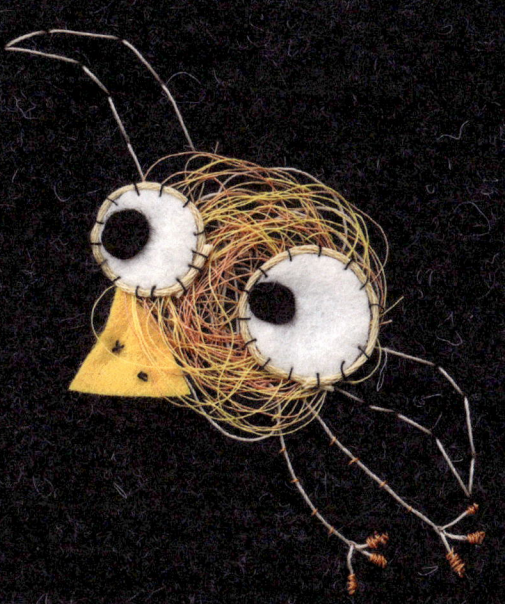

SÃO AQUELES
DOIS BOBINHOS?

QUE TAL
SE FIZERMOS
CÓCEGAS NELE?

... UM DIA,
EU CAÍ.

SOCORRO!

Ainda que as zebras, os crocodilos, os leões, os outros elefantes, as cobras e os papagaios não tivessem interesse nas histórias de Zeca, ele estava mais feliz do que nunca.

Ele tinha encontrado alguém para ouvi-lo... Mesmo que fosse só uma formiguinha.

SÉRIO?
E ENTÃO,
O QUE ACONTECEU?

HA, HA, HA!
QUE BAGUNÇA!

NÃO ESTÁ
MEIO CHATO
SEM O ZECA?

ESTÁ!
VAMOS NOS JUNTAR
À FORMIGA.

Manica K. Musil

Oi, pessoal, eu sou a Manica Musil! Fui eu que escrevi e fiz as ilustrações deste livro, totalmente em tecido. Nasci na cidade de Ptuj, na Eslovênia, bem longe do Brasil. Estudei piano e me formei em arquitetura. O primeiro projeto que fiz ganhou o prêmio internacional de arquitetura, em 2005. Também me dediquei à arte: 11 selos da Eslovênia têm desenhos meus. Quando meu primeiro filho nasceu, comecei a escrever histórias e poemas. Publiquei dez livros para crianças nas mais diversas partes do mundo: dos Emirados Árabes à Itália, da China aos Estados Unidos, e também cheguei ao Brasil. Recebi prêmios importantes em vários desses países.

No meu site, você pode conhecer um pouco mais sobre o meu trabalho de criação de livros ilustrados em tecido:
www.manicamusil.com